감사 네가 세상에 있어서

감사

네가 세상에 있어서

『감사 네가 세상에 있어서』 책 사용법

마음을 고요히 돌아보고 싶을 때면 언제든 책을 펼쳐
감사를 읽고 향을 음미하세요.
어떤 향인지 구분하려 애쓰기보다
지금 이 순간 내 곁에 있는 모든 것을 감사하며 누립니다.

하루의 끝에서
오늘을 차분히
정리하고 싶을 때

눈을 감고 책을 펼친다
우연의 힘을 믿으며 펼쳐진 면의 시를 읽는다
책에 코를 가까이 대고 향을 음미한다.

마음이 어지럽고
감사할 일을
잊은 듯 느껴질 때

천천히 책장을 넘기며 시를 읽고 또 읽는다
나무 그늘처럼 드리우는 향을 맡는다
작은 고마움이 싹틀 때까지 읽는다.

감사한 일들을　　　P.154 '행운의 항목'에 떠오르는 사람들,
떠올리며　　　　　존재들의 이름과 추억을 적는다
순간순간 살아갈　　향을 가까이 음미하며
힘을 얻고 싶을 때　　그 순간의 따스함을 간직한다.

고마운 이에게　　　책을 펼쳐 마음을 담은 시를 찾아본다
마음을　　　　　　천천히 정성스레 읽으며 필사한다
전하고 싶을 때　　　할 수 있다면 그 시를 직접 읽어준다.

감사 네가 세상에 있어서

향기시집. 나태주 시
한서형 향

감사

네가 세상에 있어서

존경과행복

왜 감사가 필요할까요?

감사는 한 편에서 다른 편에게 '고맙다', '좋았다'의 뜻을 담아서 하는 말입니다. 더 구체적으로 말하면 '고마움을 나타내는 인사'나 '고맙게 여김' 또는 그런 마음을 통틀어 하는 말입니다.

얼핏 우리는 감사란 말 앞에서 나에게 어떠한 커다란 유형적인 사건이나 물건이 생길 때만 감사하는 걸로 아는 경우가 많습니다. 자기에게 있는 그 어떤 유익이나 행운에 대해서만 감사하는 경향이 있습니다.

그러나 '감사'는 하나의 생활 습관이고 삶의 태도 같은 것입니다. 명시적으로 감사할 어떤 일이 있어서 감사하는 게 아니라 감사의 행위나 실천으로 오히려 내가 좋아지고 나에게 감사한 일이 더욱 생기는 경우, 말입니다.

그렇습니다. 감사도 학습입니다. 감사도 연습입니다. 감사하는 사람에게 더욱 감사한 일이 일어난다는 사실! 참 이것은 놀라운 삶의 곡절이며 공개된 비밀 같은 것입니다. 정말로 누구를 위해서 감사해야 할까요? 물어볼 것도 없이 나를 위해서 감사해야 합니다.

어쩌면 감사한 일이 없기 때문에 감사해야 하는지도 모르겠습니다. 억지로라도 감사하다고 말하고 감사한 마음을 가지면 감사하지 않은 나의 삶이나 주변 환경이 감사한 것으로 바뀌는 것처럼 말입니다. 아, 참 이것은 놀라운 매직 같은 것입니다.

<죽음을 앞둔 현자가 자주/ 입에 올린 말은/ 고맙다, 감사하다, 안녕히,/ 우리 비록 현자가 아니고/ 죽음을 앞둔 사람 아니라도/ 자주 입에 올릴 말은/ 고맙다, 감사하다, 안

녕히./ 그러노라면 고맙지 않은 세상이/ 고마운 세상이 되고/ 감사하지 않은 사람이/ 감사한 사람이 되고/ 안녕하지 않은 너와 내가/ 안녕한 너와 내가 되지 않을까.>

이것은 얼마 전에 내가 쓴 '현자의 말'이라는 시입니다. 그 현자는 젊은 시절, 활동이 왕성하던 시절엔 한 번도 '감사하다, 고맙다, 안녕히'란 말을 하지 않던 사람이었다고 합니다. 그런데 늙고 병들고 죽음을 앞둔 상태에서야 '감사하다, 고맙다, 안녕히'란 말을 입에 달고 살았다는 것입니다.

정말로 그렇습니다. 자기에게 감사와 고마움과 안녕이 부족하니까 그 말을 자주 입에 올리며 생각하고 아쉬워하는 것입니다. 그래서 조금씩 자신의 처지와 환경이 좋은 쪽으로 바뀌기를 소망하는 것일 겁니다. 그렇게 감사는 소중한 것이고 또 힘든 사람, 힘든 입장에서 필요한 것입니다.

한서형 작가가 이번에 다시금 나의 시 가운데 '감사'의 내용이 담긴 시들만 골라 시집을 꾸미고, 거기에 '감사의 향'을 담아 '감사의 향기 시집'을 준비하셨습니다. 『사랑 아무래도 내가 너를』, 『소망 마음속에 기르다』에 이어서 세 번째로 나오는 마음 향기시집 시리즈입니다. 우리 착하신 독자분들도 이 시집을 통해 감사의 의미를 다시금 새기고 더욱 싱싱하고 아름다운 삶을 꾸려 보시기 바랍니다.

2025년, 초겨울
나태주 씁니다.

감사는 나무처럼 자랍니다.

"감사합니다."라고 말하면 말끄트머리에 뭉클한 기운이 달립니다. 경건하고 부드러운 떨림. 때로는 두 손을 모아 가슴에 대고 고개를 숙이며 흐뭇하고 벅찬 감정을 몸으로 표현하기도 합니다. 그럴 때면 얼굴은 자연스레 웃고 있지요.

하루에도 여러 번 감사를 떠올리고, 감사하다고 말합니다. 20여 년 전, 더 행복해지고 싶어 시작한 마음공부가 일상의 풍경을 바꾸어 놓았거든요. 어떤 풀꽃의 이름을 알고 나면 길을 걷다가도 그 꽃이 먼저 보이듯 감사라는 이름을 알게 되니 감사할 일들이 세상에 넘쳐났습니다.

그렇다면, 공기처럼 소중한 감사는 어떤 향기일까요? 경건함에 마음을 숙이고, 기대어 설 수 있고, 단단하게 지탱해주는 향기. 햇살과 바람 아래 흙과 비의 보살핌으로 묵묵히 자라나는 나무가 떠올랐습니다. 그중에서도 고대 신전을 짓는 데 쓰였다는 신성한 시더우드를 중심에 두고 감사 나무의 숲을 그렸습니다. 단단하면서도 깊이감이 느껴지고 은은하지만 널리 퍼지는 향기로. 숲길 초입에서 나는 싱그러운 향보다는 나무 사이로 볕뉘가 노래하는 숲의 심장에서 만나는 향기. 마음속 어딘가를 두드려 "이렇게 감사한 세상이니 오늘도 살아볼 만하다."라고 말해주는 그런 향기이기를 바랐습니다.

2025년은 '향기작가'라는 이름을 상표로 등록하고 활동한지 십 년이 되는 해입니다. 올해를 기념하며 '감사'를 담은 이 책으로 마무리하고 싶었습니다. 감사하게도 나태주 시인의 시를 읽다가 '사랑에 감사'하고, '너에게 감사'하며, '나의 자전거에게 감사'하는 시인의 마음을 따라 나 역시 감사로 충만해지곤 했습니다.

살아갈수록 '덕분에 산다'는 말을 실감합니다. 지난 십 년 동안 만난 감사한 얼굴들과 존재들이 총총한 별이 되어 내 마음의 하늘에 떠 있습니다. 그중에서도 가장 높고 빛나는 별인 향기시집의 창조자 나태주 시인님께 깊이 감사드립니다. 다정한 빛으로 인연을 이어주신 루치아 석미경 작가님, 작가의 길로 이끌어주신 직조 작가 한선주 교수님께도 끝없는 감사를 드립니다. 그리고 늘 그자리에서 빛이 되어주는 내 삶의 북극성 유명훈에게도 언제나 감사합니다. 미처 쓰지 못한 이름들은 마음에 꾹꾹 눌러 새겨두겠습니다.

감사는 작은 순간들에서도 잘 자랍니다. 하늘이 유난히 파랗게 맑아서, 기꺼이 도와주는 마음들 덕분에, 건강하게 누리는 모든 일상속에 감사가 스며 있습니다.
그리고 무엇보다 당신이 세상에 있어서 그저 감사합니다.

이 책을 펼쳐 시를 읽고 향을 맡을 때마다 감사한 일이 떠올라 마음이 충만해지기를 바랍니다.

2025년, 감사를 가득 머금고
한서형 씁니다.

I 어떤 감사

멀리 있는 사람이 고맙다
아침저녁 찬 바람
맑은 하늘 흰 구름이 고맙다
오늘도 살아 있는 내가 더 고맙다.

「고맙다」 중에서

안부

오래
보고 싶었다

오래
만나지 못했다

잘 있노라니
그것만 고마웠다.

감사

변하는 세상에

세상은 변하지
변하기에 세상이지
자연도 변하고
사람도 변하고
물건도 변하지

변하지 않는 건
아무것도 없지
사람의 마음 또한 변하지
변하는 마음이기에
사람의 마음이고 또
살아 있는 마음이지

하지만 말야
변하는 세상에 가장
예쁘고 사랑스럽고 깨끗한
너를 알게 되어 기뻐
그러한 너를
사랑할 수 있어서 기뻐

변하는 세상
변하는 자연과 사물과 사람들
사람의 마음들
그 중심에 내가 너를 진정
좋아했던 마음이 있지

아무리 세상이 변하고
자연이 변하고 사람이 변하고
사물이 변하고
사람 마음마저 변해도
너를 사랑했던 마음은
그대로 변하지 않지
그 자리에 있지

가장 예쁘고 사랑스럽고
맑고도 깨끗한 너의 인생
그 인생과 함께한
나의 날들에게 감사해
너에게 더욱 감사해.

감사

하늘이 맑아 2

멀리 아주 멀리
나를 알아주는 한 사람
더구나 더 멀리 낯선 나라
말까지 다른 나라 사람들
나를 알아주고
나를 느껴주고
나를 숨 쉬어 주니
이 얼마나 감사 감격
좋은 일인가
그 기쁨 그 힘으로
세상 속으로 들어간다
하늘 바다에 그넷줄
내어밀듯이 나를 멀리
띄워 보낸다
구름아 나를 보아라
새들아 니들도
나를 좀 보아라.

사랑에 감사

얼굴이, 웃는
너의 얼굴이 세상의
전부이던 때 있었다

음성이, 맑은
너의 음성이 기쁨의
전부이던 때 있었다

돌아보아 기억하고
간직할 것은 오직
이것뿐.

허무라 타박하여
물리지 말라!

너에게 감사

사랑하는 사람들 사이에서는
더 많이 사랑하는 사람이
단연코 약자라는 비밀

어제도 지고
오늘도 지고
내일도 지는 일방적인 줄다리기

지고서도 오히려
기분이 나쁘지 않고
홀가분하기까지 한 게임

사랑하는 사람들 사이에서는
더 많이 지는 사람이
끝내는 승자라는 비밀

그걸 깨닫게 해준 너에게
감사한다.

나의 자전거에게

병원에서 엎드려 앓을 때
종이를 얻어 연필로 둥글게
돌아가는 길 하나를 그리고
그 위에 자전거 한 대를 그렸다
어디든 멀리 떠나고 싶은 마음을 그린 것이다

퇴원하자마자
식구들이 만류하는데도
자전거 한 대를 구입했다
초록색이 칠해진 자전거다
그 자전거를 타고 여러 곳을 쏘다녔다
골목길을 누비고
다리를 건너고 때로는 고개도 넘었다

자전거 타고 가다 내려서 보는
풀꽃이 좋았고
흰 구름이 특별했다
자전거 타고 가면서 만난 바람은 또
얼마나 시원했던지!

자전거에게 감사해
이제는 4년이나 타고 다녀
녹이 슬고 낡아빠진 나의 자전거에게 감사해
자전거만 타면 나는 자동차 없는 것이
하나도 부끄럽지 않은 사람이 된다.

너라도 있어서

오늘까지만 슬퍼하고
내일은 슬퍼하지 말자
오늘까지만 괴로워하고
내일은 괴로워하지 말자

내가 나에게 주문을 걸어보고
내가 내 어깨를 쓰다듬으며
위로해 본다

내일은 분명 좋은 해가 뜰 거야
좋은 바람이 불어 줄 거야

나는 지금 서울의 한구석
어둑한 찻집의 한구석
젊은 아이들 떠드는 소리를 들으며
너를 생각하고 있는 중이다

이런 때 생각나는 이름 하나
너라도 있어서
얼마나 다행한 일이냐…….

나는

나는 이 세상 구경나온 여행자
하루하루 새로이 떠나고
하루하루 새로이 만나고
하루하루 새로이 돌아온다

이 세상에서 나는 언제나 어린아이
하루하루 새로이 태어나고
하루하루 새로이 자라고
하루하루 새로이 죽는다.

감사

괜찮아

괜찮아 서툴러도 괜찮아
서툰 것이 인생이란다
조금쯤 틀려도 괜찮아
조금씩 틀리는 것이 인생이란다
어찌 우리가 모든 걸
미리 알고 세상에 왔겠니!
아무런 준비도 없이
세상에 온 우리
아무런 연습도 없이
하루하루 사는 우리
경기하듯 연습을 하고
연습하듯 경기하란 말이 있단다
우리 그렇게 담담하게
하루하루 순간순간을 살자
틀려도 괜찮아
조금쯤 서툴러도 괜찮아.

고맙다

아침저녁 찬 바람 부니
외로워진다
잠들었던 외로움이
살아난 거다

맑은 하늘 흰 구름 높이 뜨니
잊었던 사람 생각난다
멀리 떠난 그리움이
돌아온 거다

멀리 있는 사람이 고맙다
아침저녁 찬 바람
맑은 하늘 흰 구름이 고맙다   가사
오늘도 살아 있는 내가 더 고맙다.

그래서 왔다

무심히 그냥 해 질 무렵
모래 지평선을 바라보고 싶어서 왔다
서쪽으로 사라지는 황혼을 보며
울먹이고 싶어서 왔다

말없이 그냥 모래 바닥에
드러눕고 싶어서 왔다
해가 진 뒤에도 오래도록
따스한 모래 바닥의 온기
지구의 등허리가 이렇게
부드럽고도 따스할 줄이야!

하늘 가득한 하늘의 눈물
소름 끼치도록 맑고도 깊고도 푸른 눈물
그렁그렁 쏟아질 듯 하늘의 눈망울이여
그 별들을 가슴에 품으러 왔다
비행기 타고 자동차 타고
낙타 등에 기대어 왔다.

퇴원

살아줘서 고맙습니다.

아침에

어렵게, 어렵게 잠에서 깨어
거실의 화분을 본다
시퍼렇게 살아 있는 초록빛
아, 나는 아직 살아있구나

창문을 열고 바깥을 본다
초록빛 철철 넘쳐나는 앞산 이마
시원한 바람과 함께
꾀꼬리 뻐꾸기 울음소리

더 멀리 허허롭게
허공을 울리는
검은등뻐꾸기 울음소리
오늘도 나는 하루
네 생각하면서 잘 살아남아야겠다.

봄

이유가 따로 있는 건 아니다
그냥 봄이 봄이니까
꽃이 피어나는 거다

까닭이 또 있었던 것도 아니다
그냥 제가 풀이니까
새싹을 피우는 거다

다만 너는 어여쁜 생명
나도 아직은 살아 있는 목숨
둘이 마주 보면 더러
꽃으로 피어나기도 하고
잎으로 자라기도 하는 것이다. 감사

비 갠 아침 뜰에서

비바람 설친 한밤 지나고
몇 번이고 잠 깬 한밤 지나고
새로 든 햇발이
물구덩이처럼 고여 환한 뜨락에 내려
한 개 풀잎을 뜯어 코끝에 대다
떨어진 감꽃을 주워
알큰한 꽃내음을 맡다
비릿하고 나긋한 풀잎의 냄새
살아있는 목숨의 냄새
새파란 풀잎처럼 가난한 그리움이
새삼스레 자랑스러울 줄이야…
살아있음만 그저 이토록 기쁘다.

주고서 아까와하는 것은

주고서 아까와하는 것은
준 것이 아닙니다
주고서 억울해하는 것은 더욱
준 것이 아닙니다
주고서도 홀가분해하는 것이
정말로 준 것입니다
주고서도 오히려 기뻐하는 것이
더욱 준 것입니다
작은 것이지만 남에게 베풀고서
기뻐할 줄 아는 사람은 이미
작은 것을 베풀고 더욱
큰 것을 상으로 받는 비밀을
아는 사람입니다
그가 가꾸는 샘물에서
한 두레박의 물을 퍼냄으로
두 두레박의 물을 대신 고이게
할 줄을 아는 사람입니다.

그것은 실수

이번 생은 무언가 많이 잘못되고 꼬여
실패라고 말하고 다음 생은
꼭 잘살아 보겠다고 말하는 분들 계시군요
그러나 아차, 그것은 실수입니다
잘못하는 생각입니다

이번 생이 있고 다음 생이
있는 게 아닙니다
정말 있다면 이번 생은
이번 생으로 한 번뿐인 생이고
다음 생은 또 다음 생으로
한 번뿐인 생입니다

어떠한 생이든 최초의 생이고
마지막 생이고
오직 유일무이한 한 번뿐인
생이란 이야깁니다
아차, 그것은 속임수입니다

속지 마십시오
속이지 마십시오
자신을 달래지 마십시오
아무리 조금 남은 인생일지라도
그것은 소중하고 아름다운 인생이며
진저리 치도록 감사한 인생입니다.

그냥 멍청히

그냥 멍청히
앉아 있어도 좋은 산 하나
모두 변하는 세상에서
변하지 않아서 좋은
돌멩이 하나
모두 흐르는 세상에서
흐르지 않아서 맑은
샘물 하나
더러는 시골 담장 밑에 피어 웃음 웃는
일년초처럼
잊혀진 개울의 낡은 다리처럼.

감사

매미가 울었다

올해도 매미가 울었다
매미 울음소리 속에
여름이 저물고
낙엽도 떨어졌다
그렇게 한 세상 잘 살았다
한 해가 저물어간다
고맙다.

소감

봄의 들판
여름의 언덕
가을의 나무
아, 겨울의 눈

그리고도 흰 구름과 바람과
별과 새들과 강물과
너 한 사람!

이 세상에 와서 내가 만난
가장 빛나고도 서럽고도
아름다운 항목들.

감사

아직은 아니다

아직은 아니다

내 곁에 아내 있고
아내 곁에 내가 있으니
이 얼마나 다행스런 일일까 보냐

진땀 흘리며 자고 일어난 아침
눈을 떠보니 눈부신 햇빛 향기론 바람
이 얼마나 감사론 일일까 보냐

지금쯤 어느 산골마을
나무 섶 울타리를 타고 올라가
진한 바다 물빛 나팔꽃은
피어 웃기도 할 것이다

그렇다!
아직은 아니다.

꽃다발

마음을 보여줄 수 없어
꽃을 보여주고

마음을 줄 수 없어
꽃다발을 드리니

부디 거절하지
마시기 바랍니다.

우정

힘들어하지 마
내가 옆에 있잖아.

축하해요

날마다 반복되는 하루하루 그날이 그날
지루하기도 하고 짜증도 나고
그래서 때로는
어디론가 탈출하고 싶기도 할지 몰라요

그러나 당신, 큰 병에 걸려 병원에 오래
갇혀서 사는 사람이라 생각해 봐요
기약 없는 여행길 떠나 먼 나라
흰 구름으로 떠돈다고 생각해 봐요

얼마나 지금 그 평범한 일상으로
돌아오고 싶겠어요?
날마다 그럭저럭 보내는
그날이 그날인 날로 돌아오고 싶겠어요?

축하해요! 축하해요!
당신의 하루하루
아무 일도 없는 무사한 날들을 축하하고
평상의 작은 시간들을 축하해요.

어떤 감사 1

부지런하기도 하시지
나는 겨우
겨울옷 벗고서도 추워
으스스 떨고 있는데
어느 사이 꽃을 피워
씨앗을 맺으셨구려
냉이풀꽃

고맙기도 하시지
사람들이 부동산 투기로 사 놓고
땅값 오르기를 기다려
묵혀둔 빈 땅에 무더기로 꽃을 피워
바람 물결로 쓸리고 계시는구려
냉이풀꽃.

시월

골목길 들어설 때
물방울 튀기듯
쏟아는 피아노 소리

아!

가슴을 쓸며
올려다보는 하늘에
감 알이 하나
익어 있었다.

가을이 와

가을이 와 나뭇잎 떨어지면
나무 아래 나는
낙엽 부자.

가을이 와 먹구름 몰리면
하늘 아래 나는
구름 부자.

가을이 와 찬바람 불어오면
빈 들판에 나는
바람 부자.

부러울 것 없네.
가진 것 없어도
가난할 것 없네.

막날

올해도 막날

오지 않을 것 같았던 한 날이 저문다
눈이 내린다
누군가 통곡을 내려놓듯
눈이 쌓인다
힘든 일이 있었다고
더러는 좋은 일도 있었다고

문득 호박떡이 먹고 싶었다.

가을 산길의 명상

무엇이 아직도 그리 아깝고
무엇이 아직도 그리 부끄러웠으랴
헐어버려라 헐어버려
혼자서 중얼거리며
봄 여름 내내 땀 흘려 쌓아 올린
바람의 깃발을 내리고
잠들 채비를 서두는
저 나무를 좀 보세나

가렸던 하늘을 비워
구름에게 새들에게 길을 내주고
더러는 오락가락 눈발에게도
놀이마당을 깔아주는
저 늦가을의 나무 좀 보시게나

뿐이랴
떨군 나뭇잎으로 너무 오래 붙박이로 있어서
퉁퉁 부어오른 스스로의
발등을 덮고 난 뒤에
제 이파리며 줄기 갉아먹는 벌레들의 애벌레에
게까지
따뜻한 잠자리를 내어주는

더러는 제 열매 훔쳐 가는 얄미운 작은 몸집의
포유류에게도

눈보라와 추위를 피할 수 있는
편안한 보금자리를 마련해줄 줄 아는
이 가을 산의 크신 어른
오직 어지신 어른을 좀 보시게나.

감사

그대로

- 서천, 국립생태원

있는 그대로
있고 싶은 그대로
있어야 할 그대로

모방할 수 없는
또 하나의 자연
무지갯빛 그대로.

이 봄날에

봄날에, 이 봄날에
살아만 있다면
다시 한번 실연을 당하고
밤을 새워
머리를 벽에 쥐어박으며
운다 해도 나쁘지 않겠다.

감사

참 잘했다

산사나무 심기를 잘했다
키 큰 산사나무 아래 골담초 나무
그 옆에 앵두나무, 병꽃
더불어 심기를 잘했다
아침마다 나무들 아래
잔디밭 잡초를 골라주면서
올봄에 그 귀하다는 참벌들
꿀 찾으러 와서
닝닝거리는 소리 들으며
생각한다
어쩌면 나무들도 저들이
꽃 피우기를 잘했구나
생각할 것이다
꿀벌들도 꿀 찾으러 오기를
잘했구나, 스스로 칭찬할 것이다
그렇다, 무엇보다 오늘도 내가
살아 있는 사람이기를
참 잘했다.

축복

해가 떴구나
살아야지, 그리고
해가 졌구나
잘 살았구나, 그런다

그건
벌레들도 그렇고
새들도 그렇고
짐승들도 그렇고
하나님까지도 그러실 것이다.

좋은 때

지금이 네 인생에서
가장 좋은 때
그런데 너만 그걸 모르지
그럴 거야
정작 좋은 때는
그게 좋은 때인 줄
몰라서 좋은 때인 거야
사랑하는 사람 있으니 좋고
네 사랑 받아주는 사람 있으니
그 얼마나 좋아
더구나 너의 사랑
순결하니 좋고
너의 사랑 받아주는 사람
어리고 어리니 더욱 좋은 일
의심하지 말아라
더 좋은 사랑 꿈꾸지 말아라
너는 새로 솟아나는
풀잎이거나
새로 피어나는 꽃잎이거나
아침 상쾌한 하늘
높이높이 솟구치는 새들의 날개
그 같은 생명, 생명들의 어울림
의심하지 말아라
더 좋은 때를 바라지 말아라

이만큼 보기에도 더없이

네가 좋아 보인다.

제주도에서

죽었다 다시 살아나서
더 바빠졌습니다

망가진 뒤에
더 좋아졌습니다

목사님이 물었을 때
문득 대답했지요.

농부

곡식만 남기고
풀을 뽑는
기쁨을 아는 사람

곡식이 자라며
고맙다 인사하는 소리
들을 줄 아는 사람.

목숨

덥다, 덥다
이 말도
살아있다는 증거

추워요, 추워요
이 말씀도
고마운 말씀.

굽어진 길

꽃만 보아왔던 거다
열매, 헌칠한 가지 끝에 달린 열매나
시원스런 이파리, 드디어 곱게 옷을
갈아입는 단풍잎만 좋아라 보아왔던 거다

꽃과 열매, 나뭇가지, 나무 잎새
그리고 단풍잎을 위해 기를 쓰고
버티고 서있는 나무 밑둥이나 뿌리의 수고로움은
보고 싶지 않았던 거다
일부러라도 외면하고 싶었던 거다

새로 떨어진 나무 잎새에
쌓이고 쌓여 썩어 가는
해묵은 나뭇잎들의 한숨소리
앓으면서 내는 신음소리
아직은 몰랐던 거다
귀가 있어도 듣지 못했던 거다

이제는 한숨소리를 들어야 할 차례
길고 긴 밤 많은 어둠들을 헤아리며
나뭇잎들이 썩으면서 내는 한숨소리, 신음소리에
귀를 기울여야 한다.

문학의 길

좋은 시 한 편 쓰면
잠시 기쁘고
좋은 책 한 권 내면
일주일쯤 기쁘고
바라던 문학상 받으면
몇 달쯤 뻐길 수 있지만
갈수록 좋아지는 건
좋은 시, 남들이 좋아해 주는
좋은 시 한 편뿐이다.

인생

살아보니
별거 아니다.

탁!
그래도 좋았다.

II 봄날의 이유

성한 다리로 길을

걸을 수 있다는 것

물을 마시고 밥도 먹을 수 있다는 것

좋은 사람과 이야기 나누고

너를 보고 웃고

또 너의 목소리도 들을 수 있다는 것

「범사」 중에서

선물

공짜로 주고받는 그 무엇이다
좋은 것으로, 새것으로 주고받는 그 무엇이다
주고 나서는 이내 잊어버리지 않으면 안 된다
주고서 또 주고 싶어져야 한다
끝내 받은 것은 오래 잊지 말아야 한다.

감사

아침

어제는 던져버리고
오늘은 어느새 새것이다
아, 나도 새것이다

물소리 물소리가 먼저 와
기다리고 있었구나
물소리도 새것이다

풀벌레 소리도 이미 새것
산도, 산의 이마도 새것
나무 나무 나무들도 새것

자, 가보자
오늘도 세상 속으로
독립운동하러 떠나보자.

손님

봄
이 와 우
리 집 뜨락에도
낯익은 손님들이
돌아와 놀고 있다 방글방글
웃으며 놀고 있다 민들레 제비꽃
봄맞이 냉이 냉이 꽃다지 별꽃
애기야 애기야 이름도
귀여운 이것들아
이것들
아.

프리지아

3월에도 가끔은 삽작눈이 내리고
오종종 맨발 벗고 햇살 쪼는 병아리
어둠을 이겨냈구나, 부활의 나팔 소리.

새싹

봄비가 씨앗의 문을 두드렸다
나야 나
이제 잠을 깰 때야
그래서 내가 하늘나라에서 찾아왔어

바람이 씨앗의 몸을 매만져 주었다
나야 나
이제 자라야 할 때야
그래서 내가 먼 나라에서 찾아왔어

새싹은
봄비와 바람의 말을 알아듣고
숨을 크게 쉬며 몸을 키워
풀이 되기도 하고 나무가 되기도 한다.

산딸나무

나비 나비 산나비
산나비라도 새하얀 산나비떼
대가족 제도로 날아와 떠나가질 않네
바람 불어도 날아갈 줄 모르네

첩첩산중에
나지막한 나무 한 그루
그 이마와 머리칼 위
새하얀 십자가 무더기로 내렸네.

봄눈

지난겨울 한 번도
내리지 않았던 눈
봄이 오는 길목에 내렸어요

오시는 봄날
발아래 고운 길 깨끗한 길
깔아드리려고

조심조심 내렸어요
고개 갸웃 생각하면서
내리면서 녹는 눈

녹아서 눈물이 되어
봄이 되기도 하고
새싹이 되기도 하는 눈이에요.

병

병은 자칫 오만해지고 흐트러지기 쉬운 나를
가르쳐주고 붙잡아주는 스승.
나에게 있어 몸의 병은
마음의 병을 고치는 약이다.

좋은 약

큰 병 얻어 중환자실에 널브러져 있을 때
아버지 절룩거리는 두 다리로 지팡이 짚고
어렵사리 면회 오시어
한 말씀, 하시었다

얘야, 너는 어려서부터 몸은 약했지만
독한 아이였다
네 독한 마음으로 부디 병을 이기고 나오너라
세상은 아직도 징글징글하도록 좋은 곳이란다

아버지 말씀이 약이 되었다
두 번째 말씀이 더욱
좋은 약이 되었다. 감사

그 아이

날마다 마음의 빛
어디서 오나?
그 아이한테서 오지

날마다 삶의 기쁨
어디서 오나?
여전히 그 아이한테서 오지

그 아이 있어
다시금 반짝이고
싱그러운 세상

그 아이에게 감사해
날마다 빛을 주고
기쁨 주는 그 아이에게 감사해.

붉은 꽃 한 송이

나 외롭게 살다가 떠날 지구에
너라도 있어서 얼마나 좋은지 몰라

나 쓸쓸히 지구를 떠나는 날
손 흔들어 줄 너 한 사람이라도 있어서
얼마나 감사한지 몰라

나 지구를 떠나더라도 너 오래
푸르게 예쁘게 살다가 오너라

네가 살고 있는 한 지구는
따뜻하고 푸르고 꽃이 피어나는
생명의 별

바람 부는 지구 위에 흔들리는
너는 붉은 꽃 한 송이.

꽃향유

결코 오래전 일이 아니다
지난해 가을서부터 눈에
들어오기 시작하더니
올 가을엔 무더기로 눈에 띄는 것이었다

길가에서고 풀숲에서고
진보랏빛 울음을 물고 향기를 깔고
이쪽을 붙잡고 놓아주지 않는 꽃

꽃향유란 이름을 알게 된 것도
결코 오래 전의 일이 아니다
지난해 늦가을 나 좋은 사람
어여뻐 못 잊는 한 사람 함께
눈 맞춘 뒤서부터의 일이다

꽃송이 하나하나가 그 사람 슬픈 듯
기꺼운 듯 웃음이 되고 몸 내음 되어
나를 놓아주지 않는 것이었다.

집

얼마나 떠나기 싫었던가!
얼마나 돌아오고 싶었던가!

낡은 옷과 낡은
신발이 기다리는 곳

여기,
바로 여기.

감사

달

누가 등불 켜 들고
마중 나오셨는가
어지러운 발길
오늘 밤도
물소리는 맑고
달은 드높이 떠
향기롭다.

일요일

될수록 천천히
천천히 걸으며
골목길 두리번거린다
발밑을 본다

한동안 잃어버리고 산 외로움
울며 나 찾고 있을 것만 같아

거기 거기
철 늦은 민들레, 강아지풀, 그리고
십 원짜리 동전 한 닢
반짝!

감사

범사

성한 다리로 길을
걸을 수 있다는 것
물을 마시고 밥도 먹을 수 있다는 것
좋은 사람과 이야기 나누고
너를 보고 웃고
또 너의 목소리도 들을 수 있다는 것

고맙습니다
고맙습니다
하늘을 보고 땅을 보고
절을 드린다.

스페인 광장

남의 나라
벤치에 앉아서
멍하니 바라보는
저녁노을이며 분수

분수는 황금빛
노을 속에 부서지고
나도 또한 황금빛
분수 속에 부서지는데

피보다도 진한 시간이여
부질없이 화사한 인생이여
살다 보니 이렇게   감사
좋은 날도 있었구나.

1월의 햇빛

1월이라도 초순
며칠 눈이 내리고 개인 날
오후에 비치는 햇빛은
서럽기도 하고 애달프기도 하고
눈부시기도 하여라

하루를 잘 살고 죽는 목숨
소나무의 산에도 비치고
내 집 작은 쪽창에도 비치고
내 흐린 눈썹에도 비치는
조그만 축복이여 안식이여

이 햇빛 속에는 1년을 잘 버텨낼
끈기와 용기와 인내가
담겨 있으리니
어딘가 눈과 얼음 밑에서
일어서는 여리고도 사랑스런 초록빛
새싹이 숨 쉬고 있으리니

다만 고맙고 고마우셔라
조금만 더 참고 견뎌라.

봄날의 이유

그대 같은 사람 하나
세상에 있어서
세상이 좀 더 따스하고

서럽고도 벅찬 봄날이
조금쯤 부드럽게
흘러갑니다

아닙니다
빠르고도 세찬 봄날이
좀 더 천천히 흘러갑니다

이것이 그대에게
감사하는 까닭이고
그대의 우아함과 인내에
더욱 감사하는 까닭입니다.

시그널 뮤직

주름이 많은 손
가을 햇빛이 내려와
쓰다듬어 준다
수고했어
수고 많았어
어디선가
들릴 듯 말 듯한
여자아이의 노래
서쪽 하늘 엄마별
동쪽 하늘 아기별

나를 부른다.

꽃잎

천사들이 신었던
신발이 흩어져 있네

미끄럼틀 아래
그네 아래 그리고
꽃나무 아래

무슨 급한 일이 있어
천사들은 신발을 벗어둔 채
하늘나라로 돌아간 것일까?

입술

하늘에 입술을 댄다
땅에 입술을 댄다
때로는 강물에 들판에
바다에도 입술을 댄다

스스로 거룩해지는 날이다.

누드 흰 구름

아직은 새잎이 나지 않은
메타세쿼이아 수풀
잔가지 사이로 흰 구름
희뿌연 엉덩이며 등허리
까발린 흰 구름
메타세쿼이아 잔가지가
간지럼 먹이는지
자꾸만 몸을 뒤챈다
샤갈의 그림 속에서나 보던 하늘에
질편히 누워 있는 누드 흰 구름
오늘 또다시 본다
사랑스러워라 어여뻐라 세상이여
이것이 이 맘이 한 해를
거뜬히 살아낼 힘을 주신다.

여행길

떨치고
떠날 수 있음에 감사

무사히
돌아올 수 있음에 더욱 감사

조금만 더 보자
낯선 땅의 산과 들과 꽃들

조금만 더 듣자
낯선 땅의 물소리와 새소리.

예쁜 꽃

당하고 말지
참고 말지
욕먹고 말지

그랬더니 마음속에
꽃들이 피어났다

당하고 핀 꽃보다
참고 핀 꽃이 더 예쁘고
욕먹고 핀 꽃이 더욱 예뻤다.

새소리

요즘에도 새들은 아침마다 운다
살았다고
좋았다고
지난밤을 무사히 잘 넘겼다고
새들은 운다

새들의 울음은
현란하고 처절하다
솔직담백하다

그러나 사람들은
요즘엔 새들이 울지 않는다고
불평한다
어디로인지 새들이 모두
떠났다고 말을 한다

사람들이 자기를
숨쉬기 바쁘고
귀 기울여 잘 듣지 않은 탓이다

사람들의 삶이
새들의 삶처럼 처절하지도 않고
현란하지도 않기 때문이다
솔직담백하지도 않기 때문이다.

호수 2

그렇게 큰
눈을 뜨다니

그렇게 맑은
눈을 뜨다니

그것도 하늘까지
담아서

내 마음까지
담아서.

감사

부서진 돌

돌이 깨졌다
굳어 보이던 믿음이
그만 부서졌다

산산조각 난
마음의 부스러기들

비로소 옥과
옥이 아닌 것들이 가려졌다
오히려 다행스런 일이다.

흥분

아, 방금 창밖에서 꾀꼬리가 울었어요
올해 들어 첨 들어보는 꾀꼬리 울음소리예요
마음이 금방 반들반들해지고 황금색으로 바뀌네요
흥분하지 않을 수가 없어요
감격이에요 살아있음의 축복이지요
꾀꼬리님 올해도 만나게 되어 반갑고 고마워요.

돌부리

지나가는 사람
발을 걸어
넘어뜨리자는 게 아니라
더욱 조심해서 가라고
잘 가라고
살짝살짝 발바닥을
채어주는 돌부리
오솔길 숲속길에 오늘은
비를 맞으며 나를
기다리고 있네.

병

언제든 몸의 한 부분은 아프기 마련
아픈 부분이 생길 때 몸의 소중함을 안다
그러므로 병은 좋은 친구.

감사

말미

우동국물 뜨겁다

천안시외버스터미널
기사식당

내가 다시 살아서 또
이 우동을 먹는구나!

후후 불면서 우동국물
끝까지 다 마신다.

낙화

억울해하지 마라 분해하지 마라
슬퍼하지도 마라
다만 때가 되어 돌아갈 뿐이다

조금은 섭섭하게 조금은 허전하게
돌아서는 너의 뒷모습
누군가 보면서 눈물 글썽인다

예쁜 모습을 보여라
흔들리는 그림자를 잡아라
돌아갈 때가 되어 돌아가는
너의 어깨를 축복할 뿐이다.

감사

축복 1

어려서 외할머니 늘
나를 두고 하신 말씀
태주야 너는 머리가 좋은 편이 아니야
노력을 해서 그만이라도 하는 게야
왜 외할머니는 나를 두고 기왕이면
머리가 좋은 아이라고 칭찬해 주시지
않았던 걸까?
그때는 그것이 그렇게 은근히
섭섭하기까지 했었는데
살아오며 살아오며 그 말씀
깜냥껏 노력하면 너도
머리 좋은 사람 축에 끼일 수도 있느니
그것도 하나의 축복이었고
외할머니의 숨은 지혜요 사랑이었음을
뒤늦게 깨닫고 혼자 얼굴 붉히다.

답장

편지 쓰는 것은 꼭
답장을 받기 위해
쓰는 것만은 아닙니다
어쩌면
편지 쓰는 것 자체로서
보답을 받은 것인지
모릅니다.

감사

고백

외로운 사람은 외로움의 냄새
잘 맡는다지요?
힘겨운 날들
당신 한 사람 마음속에
반딧불로 고마웠습니다.

나무스승

아까부터 창밖에서
손 까불러 부르는 이 있다
떠나보라고 어디든
떠나가 보자고
꼬이는 사람 하나 있다

필경 그는 키 큰 미루나무거나
버즘나무다
나무를 찾아가 나무의 어깨에
내 어깨를 비벼본다

하늘은 순하고 어리신 바다
찰랑찰랑 자그마한 물결 소리까지 데불고 와
눈썹 끝에 걸리고
먼 천체 밖 떠도는 별들의
가쁜 숨소리라도 들려올 듯……

사람 대신 쓸쓸해하는 나무
사람 대신 슬퍼하고
절망하는 나무.

작은 지구

어느새 분꽃이
새까만 씨앗들을 익혀
지구에게로 돌려보낸다

올해도 이렇게 자그맣고 새까만
당신의 자식들을 길러서
당신에게 돌려드립니다

그래, 그래,
올해도 수고가 많았구나!
커다란 손을 빌려 지구가
작은 지구들을 받아주신다.

묵향

새벽잠 깨어
먹을 갈면

탁!
터지는 매화
몇 송이

흐린 정신을
깨운다.

맑은 날

오늘 날이 맑아서
네가 올 줄 알았다
어려서 외갓집에 찾아가면
외할머니 오두막집 문 열고
나오시면서 하시던 말씀

오늘은 멀리서 찾아온
젊고도 어여쁜 너에게
되풀이 그 말을 들려준다
오늘 날이 맑아서
네가 올 줄 알았다.

III 기도의 자리

살아서 숨 쉴 수 있음에 감사
너를 만날 수 있음에 감사
목소리 들을 수 있음에 또다시 감사
사랑할 수 있음에 더욱 감사

「감사」중에서

하루의 시작

배가 아프다
어딘지 모르게 깊은 곳으로부터 아픔이 온다
더 이상 누워있을 수 없어 자리에서 일어난다
물을 끓여야지
따뜻한 물을 마시면 좋아질 거야
따뜻한 물 한 잔을 천천히 마신다
몸이 살아나고 아픔도 조금씩 사라진다
고맙습니다, 감사합니다
이렇게 하루를 시작해 보는 거야
하루하루가 모여 한 달이 되고 일 년이 되고
일생이 되는 거야
이것은 일상   감사
이것은 일생
감사한 마음으로 하루를 시작해 본다.

하나님께

이제 내가 아픈 것은
나의 일이 아니다
하늘의 일이다

하늘이 아프므로 내가 아프고
내가 아프므로 하늘이 아프다는 것!
이것은 참으로 놀라운 굴복

하나님, 이제는
저 때문에 너무 많이
힘들어하지 마세요.

오늘 하루

자 오늘은 이만 자러 갑시다
오늘도 이것으로 좋았습니다
충분했습니다

아내는 아내 방으로 가서
텔레비전 보다가 잠들고
나는 내 방으로 와서 책 읽다가 잠이 든다

우리 내일도 만났으면 좋겠습니다
자 오늘도 안녕히!
아내는 아내 방에서 코를 조그맣게 골면서 자고
나는 내 방에서 꿈을 꾸며 잠을 잔다

생각해 보면 이것도 참 눈물겨운 곡절이고
서러운 노릇이다
안타까운 노릇이다

오늘 하루 좋았다 아름다웠다
우리는 앞으로 얼마 동안
이런 날 이런 저녁을 함께할 것인가!

감사

세상의 길

집에서 문화원, 풀꽃문학관까지 가는 길은
내리막길
페달을 밟지 않아도 가볍게 자전거가 굴러간다
세상 속으로 들어가는 길
이 얼마나 유쾌한 길인가
고마운 일인가

저녁에 집으로 돌아가는 제민천 길은
오르막길
자전거 기어 1단을 놓고 비벼도
힘이 부친다
하루를 잘 살고 쉬러 가는 길
당연한 일, 좋은 일이다

그 또한 세상의 길이다.

몸

아침저녁 맑은 물로
깨끗하게 닦아주고
매만져 준다
당분간은 내가 신세 지며
살아야 할 사글셋방
밤이면 침대에 반듯이 눕혀
재워도 주고
낮이면 그럴듯한 옷으로
치장해 주기도 하고
더러는 병원이나 술집에도
데리고 다닌다
처음에는 내 집인 줄 알았지   감사
살다 보니 그만 전셋집으로 바뀌더니
전세 돈이 자꾸만 오르는 거야
견디다 못해 전세 돈 빼어
이제는 사글세로 사는 신세가 되었지
모아둔 돈은 줄어들고
방세는 점점 오르고
그러나 어쩌겠나
당분간은 내가 신세 져야 할
나의 집
아침저녁 맑은 물로 깨끗하게
씻어주고 닦아준다.

이를 닦다가

자기가 건강한 사람이라고
생각하지 말고
아픈 사람이라고 생각해 보자

자기가 새 거울이라고
생각하지 말고
깨진 거울이라고 생각해 보자

자기가 성공한 사람이라고
생각하지 말고
실패한 사람이라고 생각해 보자

자기가 집이 있는 사람이라고
생각하지 말고
집이 없는 사람이라고 생각해 보자

세상이 대번에 달라질 것이다
사랑하는 사람이 더욱 사랑스럽고
자기까지 불쌍해져 눈물 글썽여질 것이다.

에움길

굽힐 수 없는 일을
굽히게 해주시니 감사합니다

기다릴 수 없는 일을
기다리게 해주시니 감사합니다

그나마 비굴하지 않게 하시니
더더욱 감사합니다

아, 저만큼 뚜벅뚜벅 앞서가는
한 사람, 당신이 이미 있었군요!

감사

기도의 자리

눈물 나리
하늘의 별 하나 밤을 새워
나를 보고 반짝인다
생각해 봐

눈물 나리
어딘가 나 한 사람 위해
누군가 울고 있다
생각해 봐

처음부터 기도는
거기에 있었다.

힘든 날

젊어서 힘든 날엔 나도
얼른 집으로 돌아가
찬물에 발 닦고 마음도 닦고
잠이나 자야지 그랬었단다

너도 오늘은 힘든 날
얼른 집으로 돌아가
찬물에 발 닦고 마음도 닦고
편안히 쉬렴 잠을 자렴

내일은 또 너를 위해
새로운 해 좋은 해가
바다 위로 두둥실
떠올라 줄 것이란다.

공주, 맑은 날

서양에도 없는 서양이 있네

그 끝자락에 한 번도
만날 일 없는 여자아이가
웃고 있네

기다란 생머리였을까?
단발머리였을까?

며칠 사이 나무 아래
짙어진 그늘
신록에서도 향내가 있네.

밤

이제는 쉬어라
몸을 눕히고
마음도 눕히고

보이지 않는 숨결로
감싸주시는
어머니 어머니

오로지 좋은 영혼의
안식과 육신의 치유는
당신으로부터 온다.

감사

하나님의 일

하나님의 일을
걱정하는 사람이 있다
예전에는 나도 하나님의 일을
많이 걱정하는 사람이었다
하나님의 일은 무엇인가?
나를 살게 하고 나를 웃게 하고
나를 울게 하고 또 숨 쉬게 하는 일이다
나는 이제 하나님의 일을
걱정하지 않는다
나의 일은 다만 너를 사랑하는 일
그리고 너한테 사랑을 받는 일
오늘 날이 조금 흐리고 몸이 아파도
나는 내 일만을 걱정한다.

바람 부는 날

당신이 곁을
지켜주시어

덜 흔들릴 수
있었습니다

고맙습니다.

감사

전화선을 타고

전화선을 타고
쌀 씻는 소리
설거지하는 달그락 소리

아, 오늘도 잘 사셨군요

전화선을 타고
텔레비전 소리
나직하게 들리는 음악소리

아, 오늘도 잘 쉬고 계시는군요

고맙습니다.

꽃 피는 전화

살아서 숨 쉬는 사람인
것만으로도 좋아요
아믄, 아믄요
그냥 거기 계신 것만으로도 참 좋아요
그러엄, 그러믄요
오늘은 전화를 다 주셨군요
배꽃 필 때 배꽃 보러
멀리 한 번 길 떠나겠습니다.

감사

저녁 강물 1

해 뜨는 쪽에서 와선
해 지는 쪽으로 사라져 간다
반짝임만으로
허공중에 물새 두엇
날개를 버리게 하고
눈물 반짝임만으로
사라져 간다
그대 떠남도 내게는 저토록
아름다운 황홀이었으리
사라져 가는 것들은 모두
저토록 아름다운 걸까
눈물겨운 걸까…….

첫차

낯선 고장 낯선 여관방에서
하룻밤 묵고 일어나
깨끗한 이부자리에게 감사하고
밤새도록 선잠 든 얼굴 비춰준
전등불에게 감사하고
푸석한 얼굴 씻어줄 맑은
수돗물에게도 마저 감사한다
이 새벽 아침에도 따끈한 국물을 파는
밥집이 열려 있었구나
밥을 먹으면서도 감사하고
깍두기를 씹으면서도 감사한다
지금껏 내가 사랑한 것은 오로지
나 자신이 아니었던가!
새삼스럽지도 않은 깨달음에 짐짓
소스라치며 진저리치며
어둠을 뚫고 가는 자동차에게 감사하고
운전기사에게도 감사해야지
나 오늘도 나 자신을 더욱 사랑하기 위해
나 자신을 찾기 위해 첫차로 떠난다
세상 속으로 서둘러 돌아간다.

생명

살아있는 모든 것들은
바닷물 위에
잠시 떠오른 자갈돌

오래오래 떠 있고 싶어도
제 몸이 무거워
가라앉고 만다.

밤사이

밤사이 이 땅 위에 무슨 일
있었는가
새 나무 이파리 더욱 자라고
꽃송아리 벌어지고
그밖에 밤사이 무슨 일
더 있었는가
골짜기에 비단 안개 알른알른
말려 하늘나라로 올라가고 있다
누군가 잠자리 이불을 챙기고 있다
밤사이 사람들 모르게
무슨 일 있었는가
누군가 땅 위에 내려와 어우러졌다가
떠났는가
나무마다 향내 나고
풀잎마다 별의 몸내음
스몄다.

패자부활전

만회할 수 있는 기회를 주시니 감사합니다
무엇보다도 먼저 세상과 화해하고 싶었고
세상을 용서하고 싶었습니다
나 또한 세상으로부터 용서받고 싶었습니다.

고마움

아무리 힘들어도 오늘 하루
너 때문에 참는다
네 생각으로
하루를 견딘다

더운 날 덥다 덥다 그래도
네 생각 가슴에 담으면
더위가 가시고

추운 날 손이 시립고
볼이 시려워도
네 생각 가슴에 품으면
추위도 풀린다

오늘 하루도
네 생각으로 하루를 견딘다
하루가 아름답고 그림 같다
고마워.

너무 욕심을

너무 욕심을 부리지 말아야지

비어 있는 나의 잔

다 알아서 채워 주시는 분이 계시는데

투정을 부리지 말아야지

나의 자리 낮음과

나의 가난함과

나의 나약함과

나의 무능함

괜찮다 괜찮다

고개 끄득여 주시는 분이 계시는데.

풍경

어느 곳에 가든지
공기에게 먼저 인사를 드려야 한다
나 여기 있어도 좋을까요?
머리 조아려 공손히 인사를 드려야 한다

어느 곳에 가든지
나무나 풀들에게 먼저 말을 걸어야 한다
그동안 별고 없으셨나요?
궁금했는데 그쪽도 잘들 계셨는지요?

그리하여 풍경이 우리를 한 가족으로 받아줄 때
비로소 우리는 사람다운 사람이 되고
편안하게 숨도 쉴 수 있게 되는 것이다. 감사

부부 2

오래고도 가늘은 외길이었다

어렵게, 어렵게 만나 자주
다투고 울고 화해하고 더러는
웃기도 하다가 이렇게 늙어버렸다

고맙습니다.

너처럼

나는 운이 좋은 사람
오늘도 살아 있는 사람이어서 좋고
어딘가를 갈 수 있어서 좋고
무슨 일인가 할 수 있어서 좋지만
무엇보다도 너를
만날 수 있어서 좋아
너도 부디 그러길 바래
너 잘 살기 바래
너처럼
너를 닮은 꽃이 되어
잘 살기 바래.

감사

다만 기도

한 달 두 달이 아니다
1년 2년은 더욱 아니다
그렇다고 한 주일 두 주일도 아니고
다만 하루나 이틀
날마다 무사하기를
오늘이 어제 같고
내일이 또 오늘 같기를
그렇게 조금 더 지상에서
숨 쉬는 사람이기를
다만 바랄 따름이다

머리 조아려 기다릴 뿐입니다
굽어살펴 주소서.

간단한 일

목숨 가진 것들은 누구하고 싸우나?

꽃은 꽃하고 싸우고
나무는 나무하고 싸우고
물소리는 물소리하고 싸우고
벌레들은 벌레들끼리만 싸우고
말할 것도 없이 사람인 나는
사람들하고만 싸운다
내가 싸우지 않고 사는 방법은?
사람인 내가 사람으로 사는 것을 포기하고
꽃으로 살고 나무로 살고
물소리로 살고 새소리로 벌레로 살면 된다

그것은 참 간단한 일이고 좋은 일이다.

저녁의 기도

주여
고맙습니다
저의 집 지붕에도 눈을 내려주시니
고맙습니다
저의 집 대문 앞에 불을 밝혀주시니
고맙습니다
돌아올 수 있는 집을 주시니
고맙습니다
오늘도 대문 앞에 다다라
초인종을 누르게 해주시니 또한
고맙습니다.

비는 마음

나 이적지
혼자의 힘만으로
혼자의 생각만으로
살아온 줄 알았는데
그것은 잘못이었네

먼 데서 가까운 데서
내가 아는 사람들
내가 이름 잊은 사람들
나를 위해 빌고 있었네
나의 삶
나의 생각 위해
빌고 있었네

뿐이랴…
하늘도 땅도
나무와 풀잎과 이슬과 바람도
나를 위해 좋은
이웃이 되어 주었네

나도 이제 누군가
다른 사람 위해
비는 마음 가지고 싶네
그들의 잊어버린 이름이 되어
그들의 숨어 있는
이웃이 되어.

감사

오늘도 물과 밥 먹을 수 있음에
감사

오늘도 무슨 일인가 할 수 있음에
감사

오늘도 누군가 만날 수 있음에
감사

더불어 어딘가 갈 수 있음에
감사

무엇보다 숨 쉬는 사람임에
감사.

가을 햇살 아래

가을 햇살은
겸손하고 부드럽다
부릅뜬 눈을 거두어
다감한 눈으로
사람을 보기 시작한다

괜찮아 괜찮아
올해도 수고 많았지
조금씩 좋아질 거야
사람의 머리를 쓰다듬고
사람의 어깨를 쓸어준다

가을 햇살은 우리에게
부드러움과 착함을 가르친다
올해도 가을
내가 살아서 다시
너를 만남이 행운이다.

행운의 항목

그에게는 날마다 나가는 일터가 있었다
좋은 이웃도 많았다
그러나 그는 그것이 행운의 항목임을 알지 못했다

그는 정다운 가족들과 함께 살았다
오래 만나지 못했지만 그리운 마음으로 만나고 싶
은 사람들도 많았다
그러나 그는 그것이 행운의 항목임을 알지 못했다

세상에는 그를 사랑하는 사람들이 많았다
그를 위해 눈물 흘려주는 사람들도 있었다
그러나 그는 그것이 더없는 행운의 항목임을 알지
못했다

그 모든 것을 알게 되었을 때 그는 이미
그 모든 항목들로부터 멀리 비켜난 사람이 되어 있
었던 것이다.

시인 1

아서라, 그대
세상을 위해 살았노라
대신해서 울었노라
큰소리치지 마라

오늘도 그대
스스로를 위해 밥숟갈을 들고
자신의 슬픔과 기쁨 위해
한숨 흘리지 않았던가

부디 그대 세상이 알아주지 않음을
노여워하지 말고
그대 자신이 세상을 더 잘 알지 못했음을
한탄하라

다만 그대의 흐린 별빛
어두운 밤길 헤매는
한 나그네의 발길을 이끌고 그의
고달픔을 달랠 수 있음만 감사하라.

공생共生

빈방에 들어와 목이 마르다

물 한 잔 따라 마시며 보니
창가에 놓아둔 화분의 꽃이
시들어 있다
이름도 낯선 덴드롱이란 꽃
어여쁘다 싶어 한 그루
얻어다 놓고 이렇게 며칠씩이나
물을 굶겨 시들게 했구나
급한 김에 먹다만 물 반 컵을 우선
화분에 쏟는다

미안한 마음이 많이 헐해졌다.

버림받음으로

세상 모든 사람 나를 버려도
너만은 나를 놓지 않았다
끝까지 나를 버리지 않았다

결코 여러 사람 아니다
오직 한 사람
세상천지에 오직 한 사람
너의 응원과 너의 믿음이 나를 살린다
나를 지킨다

많은 사람으로부터
버림받음으로 오늘
오직 소중한 사람인 너를   감사
나는 다시 만나고 다시 얻는다.

일으켜 세웠다

해마다 겨울 가고
봄이 오려면
나는 몸이 아프다
아픈 몸으로 꽃밭에 나가
꽃밭의 낙엽이며 겨울 동안
쌓인 찌꺼기들을 치우며
꽃들에게 속삭인다
이제 일어날 때야
잠에서 깨어날 때야
그러면 꽃들이
천천히 싹을 내민다
올해도 그렇게 나는
꽃들을 일으켜 세웠다
내가 일으켜 세운 꽃들이 또
나를 일으켜 세웠음은 물론이다.

하느님도

하느님도 참 힘드시겠다
골목마다 시장마다
이 많은 사람들
배 곯리지 않으려면

하느님도 참 꼴 뵈겠다.
얄팍한 잔꾀놀음에
해 가는 줄 모르는 사람들
모른 척 눈 감아 주려면

하느님도 참 속 터지겠다
저 잘났다 뽐내고
길길이 뛰는 사람들
그래그래그래 고개 끄득여 주시려면.

감사

새벽 감성을 당신에게

고마워요. 고마워요. 차마 그 말조차 하기 어렵네요. 미안해요. 미안해요. 그 말은 더욱 어렵고요. 우리를 대신해서 힘들고 우리를 대신해서 지치고 우리를 대신해서 고달프고 우리를 대신해서 아프기도 한 당신. 당신에게 무슨 말을 드려야 할는지…… 다만 당신의 청춘과 건강을 바쳐 우리가 건강을 되찾고 우리의 청춘이 다시 청춘인 걸 알아요.

고마워요. 미안해요. 감사해요. 이제는 이 말을 좀 받아줘요. 그러고는 우리 같이 가요. 혼자가 아니라 같이 가요. 아무리 힘든 일이라도 함께하면 조금씩 쉬워지지요. 아무리 먼 길이라 해도 함께 가면 조금씩 가까워지지요. 그래요. 우리는 혼자가 아니에요. 나와 함께 당신이고 당신과 함께 나예요. 그 말이 새삼 가슴에 힘이 됩니다.

너무 힘들어하지 마세요. 초대 없이 찾아온 이 세상, 우리는 날마다 사는 일이 서툴고 하루하루가 처음 사는 인생이지요. 그러기에 더욱 우리네 인생은 순간순간 새롭고 싱싱하고 가슴 설레는 여행이지요. 여행길에서 만나는 사람들이지요. 힘내세요. 당신 곁에 내가 있어요. 당신과 함께 숨을 쉬고 있고 자박자박 힘들고 지친 당신 발걸음에 내 작은 발걸음을 보태고 있어요.

그래요. 우리 힘든 여행길 너무 힘들지 않게 떠나요. 오로지 당신이 있기에 내가 있고 내가 있어 당신이 있음을 믿어요. 힘들더라도 조금 덜 힘드시고 지치더라도 조금 덜 지치시고 마음 아프더라도 조금 덜 아프시기 바래요. 인생의 끝날, 우리 같이 웃기를 바래요.

가을 어법

가을은 우리에게
경어를 권장한다

수고 많으셨습니다
잘 견디셨습니다
먼 길 오느라 힘드셨겠어요
짐까지 무겁게 들고 오셨군요

가을은 우리에게
안쓰러운 마음을 허락한다

그래, 그래, 애썼구나
잘 참아줘서 고마웠단다
이제 좀 쉬어라
쉬어야 다시 또 떠날 수 있지

가을의 햇빛과 바람은
우리에게 용서를 가르치고
화해를 요구한다
낙엽들도 그렇게 한다.
가을 햇살 앞에

고개를 숙여라
더욱 고개를 숙여라
손아귀에 쥐고 있는 것 있다면
그것부터 놓아라

스스로 편안해져라
너 자신을 쉬게 하고
위로하고 기꺼이 용서하라

지난여름은
또다시 싸움판
힘든 날들이었다

이제 방안 깊숙이
밀고 들어오는 햇살
우리 마음도 따라서
고요해질 때

가을은, 가을 햇살은
우리에게 겸손을 가르치고
부드러움을 요구한다
너에게 감사

네 생각만으로도
살아야겠다는
싱그런 결의가 생긴다

네 얼굴
네 목소리
네 이름만 떠올려도
세상은 반짝이는 세상이 되고
아름다운 세상이 된다

풀잎 하나하나
꽃송이 하나하나마다
겹쳐지는 너의 얼굴
떠오르는 너의 목소리

참 이건 아름다운 비밀이고
알 수 없는 요술
그러니 너에게 감사하지
않을 수 없어

날마다 날마다가 아니야
순간순간 감사하지
않을 수 없어.

감사

살아서 숨 쉴 수 있음에 감사
너를 만날 수 있음에 감사
목소리 들을 수 있음에 또다시 감사
사랑할 수 있음에 더욱 감사

하나님한테 용서받을 수 있음에
더더욱 감사.

IV 감사한 마음으로

고맙습니다. 감사합니다
이렇게 하루를 시작해 보는 거야
하루하루가 모여 한 달이 되고 일 년이 되고
일생이 되는 거야
이것은 일상
이것은 일생
감사한 마음으로 하루를 시작해 본다.

「하루의 시작」 중에서

행운의 항목

오늘도
내가 누리는 행운의 항목을
하나하나 적어요.

적다 보면
마음속에
감사가 충만하게 차오를 거예요.

좋은 이웃들

정다운 가족

날마다 나가는 일터

나를 사랑하는 사람들

오래 만나지 못했지만,
그리운 마음으로 만나고 싶은 사람들

나를 위해 눈물을 흘려주는 사람들

그리고, 이 세상에 와서 내가 만난
빛나고도 서럽고도 아름다운 항목

예를 들면, 봄의 들판, 여름의 언덕, 가을의 나무,
겨울의 눈, 흰 구름과 바람과 별과 새들과 강물……

향기작가 한서형

식물이 뿜어내는 향은 풀과 꽃, 나무가 들려주는 언어입니다. 숨으로 감각하는 것들 중 가장 정제된 아름다움을 '향기'라 부르니, 향기는 자연이 쓴 시이고 우리는 그것을 숨으로 읽습니다.

나는 그 식물의 언어를 빌려 보이지 않는 시를 향으로 씁니다. 그 과정은 늘 신성하고 겸허합니다. 그래서 향기를 만들기 전에는 마음을 정화하는 명상을 합니다. 그리고 스스로에게 묻습니다. "이 향기로 어떤 좋은 기억을 심어줄 수 있을까?" 이번에도 그 질문으로 시작했습니다. "감사합니다."라는 말끝에 피어오르는 경건하고 다정한 기운, 저절로 번지는 흐뭇한 미소를 향기에 담고 싶었습니다.

20여 년 전, 더 행복해지고 싶어서 마음공부를 시작했고, 그 과정에서 성격 강점을 알게 되었습니다. 성격 강점은 사람의 생각과 감정, 행동에서 드러나는 긍정적인 특질인데, 그중 다섯 가지 대표 강점을 일상에서 자주 사용할수록 삶이 더 충만해진다고 합니다. 나의 첫 번째 대표 강점은 '감사'입니다. 그래서인지 일상에서 감사를 발견하는 일이 자연스러웠고, 꾸준히 연습하다 보니 이제는 밥을 먹고 잠을 자는 일처럼 편안한 리듬이 되었습니다. 하지만 감사를 향기로 짓는 일은 쉬운 여정이 아니었습니다. 감사는 어떤 풍경일까, 어떤 감각일까, 어떤 숨과 온도일까? 시를 읽으며 오래도록 사유했습니다.

감사는 매일의 작은 순간들에서 자라납니다. 아침 햇살이 커튼 틈으로 스며들 때, 기꺼이 도움을 건네는 손길을 마주할 때, 나를 향해 환하게 웃어주는 얼굴 앞에서 밀물처럼 차오르는 흐뭇하고 벅찬 마음. 감사는 '덕분에 살아가고 있음'을 인정하는 가장 따뜻한 감정입니다. 있는 그대로의 나를 괜찮다고 품어주는 너른 마음이지요.

그 마음을 나무 모양으로 그려보았습니다. 이 책을 위해 그린 초록색 감사 나무는 마음 향기 시집의 네 가지 주제가 가지로 뻗어 자랍니다. 그 나무가 얼마나 자랄지는 알 수 없지만, 크지 않아도 괜찮습니다. 마음이 쉬는 그늘에 정해진 크기는 없으니까요.

감사 나무를 그리며 가장 먼저 떠오른 향은 시더우드였습니다. 고대로부터 위엄과 용기의 상징으로 여겨져 궁전과 신전을 짓는 데 쓰였다고 전해지는 신성한 나무. 잘 썩지 않아 오랜 세월 숲을 지켜온 그 품성이 감사와 닮았다고 느꼈습니다. 감사하는 마음은 우리가 지치지 않도록 보호하고, 세상을 더 온화한 눈길로 바라보게 하니까요.

그래서 감사 나무 향기의 중심에 시더우드를 두었습니다. 보이지 않는 뿌리에는 마음을 단단히 지탱하는 베티베르와 흙의 기운을 품은 파촐리를, 따스한 기운을 북돋우는 주니퍼 베리와 전나무로 튼튼한 줄기를 세웠습니다. 그 위로 아침 숲의 숨결을 닮은 보드라운 호 우드와 사이프러스로 부드러운 그늘을 드리웠습니다.

책장을 넘기면, 감사 나무 숲길이 은은히 펼쳐집니다. 조금 더 걸으면 숲의 심장 소리가 들릴 듯 고요한 기운이 감돌고, 우거진 나무 사이로 볕뉘가 살랑이며 노래합니다. 바람이 지나간 자리에 스민 숲의 여음이 마음을 신성으로 이끕니다.

감사는 늘 우리 곁에 있습니다. 나의 몸, 발 디딘 땅, 만나는 얼굴들- 하루 곳곳에 조용히 깃들어 우리를 안아줍니다. 한 번 감사하기 시작하면 감사하지 않는 일이 더 어려워질지도 모릅니다.

'행운의 항목'을 펼쳐 감사한 것들을 기록해 보세요. 그리고 숨을 깊게 들이쉬세요. 숨결을 따라 스민 감사 나무 향기가 감사한 기억이 마음속에 더 오래 머물도록 도와줄 거예요.

마지막으로 당부하고 싶은 말은, 향기를 만날 때는 분석하고 판단하기보다 내 안에서 천천히 펼쳐지는 풍경으로 마주하기를 바랍니다. 아름다운 시를 읽듯, 숨이 이끄는 대로 향기의 생명력을 들이마시며 지금, 이 순간 살아있음을 만끽하세요. 들이쉬는 이 한 자락의 숨이야말로 기적이니까요.

이 책의 독자가 되어주셔서 감사하고, 또 감사합니다.

◆ **시인 / 나태주**

1945년 충남 서천에서 태어났다. 공주 사범학교를 졸업한 뒤 43년간 초등학교 교사로 재직, 2007년 공주 장기초등학교 교장으로 퇴임했다. 1971년 서울신문 신춘문예에 시가 당선되어 작품활동을 시작했다. 첫 시집『대숲 아래서』를 출간한 후『소망 마음속에 기르다』까지 50여 권의 시집을 펴냈고, 산문집·그림 시집·동화집 등 200여 권을 출간했다. 아이들에 대한 마음을 담은 시「풀꽃」을 발표한 뒤 '풀꽃 시인'이라는 애칭과 함께 국민적인 사랑을 받고 있다. 소월시문학상, 흙의 문학상, 정지용문학상 등을 수상했다. 2014년부터는 공주에서 '나태주 풀꽃문학관'을 설립·운영하며 풀꽃 문학상을 제정·시상하고 있다.

◆ **향기작가 / 한서형**

국내1호 향기작가 한서형은 자연의 숨결을 향으로 빚어 고요한 행복을 전한다. 대표작으로는 보름달을 닮은 향 오브제 '달항아리', 오리지널리티를 향으로 그린 '이타미 준 시그니처 향', 오래된 경이로움을 품은 '백제금동대향로 향'이 있다. 2022년부터 나태주 시인과 함께 『너의 초록으로, 다시』, 『잠시향』, 『사랑 아무래도 내가 너를』, 『소망 마음속에 기르다』를 펴내며, '향기시집'이라는 장르를 열었다. 유동룡미술관, 국립부여박물관, 정읍시립미술관, 2022 광주디자인비엔날레 등 유수의 문화예술기관에서 향기 전시를 선보였으며, 삼성카드, 자코모 등 다양한 브랜드를 위해 시그니처 향을 제작했다. 그에게 향을 만드는 일은 곧 명상의 여정이며, "행복할 때만 향을 만든다."라는 원칙을 고수한다. 오늘도 가평 숲속 '존경과 행복의 집'에서 숨으로 읽는 시를 쓰고 있다.

Web. www.hanseohyoung.com
Insta. @aromaartist

감사 네가 세상에 있어서

초판 1쇄 발행일 2025년 12월 25일

지은이 / 나태주, 한서형
펴낸이 / 유명훈

기획·편집 / 한서형
디자인 / 정혜란
인쇄·제책 / (주)상지사피앤비

펴낸 곳 / 존경과 행복
등록 / 2022년 12월 9일 제 2022-000009호

주소 / 경기도 가평군 상면 축령로45번길 62-240 존경과 행복의 집
전화 / 031-585-5159
웹사이트 / www.respectandhappiness.com
인스타그램 / @respectandhappiness.books

ISBN 979-11-984330-4-6